Livro de Emoções

Editora Appris Ltda.
1.ª Edição - Copyright© 2025 dos autores
Direitos de Edição Reservados à Editora Appris Ltda.

Nenhuma parte desta obra poderá ser utilizada indevidamente, sem estar de acordo com a Lei nº 9.610/98. Se incorreções forem encontradas, serão de exclusiva responsabilidade de seus organizadores. Foi realizado o Depósito Legal na Fundação Biblioteca Nacional, de acordo com as Leis nos 10.994, de 14/12/2004, e 12.192, de 14/01/2010.

Catalogação na Fonte
Elaborado por: Dayanne Leal Souza
Bibliotecária CRB 9/2162

B732l 2025	Borges, Larissa Livro de emoções / Larissa Borges. – 1. ed. – Curitiba: Appris, 2025. 91 p.: il. color.; 21 cm.
	ISBN 978-65-250-7091-9
	1. Emoções. 2. Crianças. 3. Pais. 4. Literatura infantojuvenil. I. Título.
	CDD – 152.4

Appris *editorial*

Editora e Livraria Appris Ltda.
Av. Manoel Ribas, 2265 – Mercês
Curitiba/PR – CEP: 80810-002
Tel. (41) 3156 - 4731
www.editoraappris.com.br

Printed in Brazil
Impresso no Brasil

Alegria é como Sol brilhando,
Um sorriso que está sempre radiando.
Brinca no parque, pula e corre,
A cada dia, um novo acorde.
É o doce som de gargalhadas,
As aventuras pelas madrugadas.
É a amizade sincera e pura,
Que faz da vida uma grande aventura.
Alegria é pipa no ar,
É o sonho que vamos alcançar.
É a magia de ser criança,
Vivendo a vida com esperança.
Então, vamos juntos celebrar,
A alegria que está a nos abraçar.
Com corações leves e olhos brilhantes,
Seremos felizes a todo instante!

Anote aqui o que te deixa alegre

Caça-palavras

Procure as palavras abaixo:

AMIZADE

BRINCAR

SORVETE

ABRAÇO

A	M	I	Z	A	D	E	O	C
F	D	U	H	L	N	M	S	O
T	B	P	A	D	I	L	O	K
S	B	R	O	M	U	V	R	J
R	A	B	R	A	Ç	O	V	N
M	L	A	A	T	V	R	E	S
L	E	I	T	U	M	O	T	C
Y	I	A	S	B	G	T	E	E
B	R	I	N	C	A	R	G	A

Qual é o seu humor?

Pinte aqui o seu rosto e como você está se sentindo hoje.
Divirta-se! E não se esqueça do cabelo!

Hora da história

Era uma vez, numa pequena vila rodeada por montanhas verdes e um rio cristalino, uma menina chamada Ana. Ana era conhecida por seu sorriso radiante e seu coração generoso. Um dia, enquanto brincava no campo com seus amigos, ela encontrou um passarinho com a asa machucada. Sem pensar duas vezes, Ana pegou o passarinho com cuidado e o levou para casa. Com a ajuda de sua mãe, Ana cuidou do passarinho, dando-lhe comida e construindo um pequeno ninho confortável. Todos os dias, Ana conversava com o passarinho, cantando canções e contando histórias. Aos poucos, a asa do passarinho foi sarando e ele começou a cantar alegremente. Finalmente, chegou o dia em que o passarinho estava pronto para voltar à natureza. Ana levou-o até o campo, onde seus amigos estavam esperando. Quando soltou o passarinho, ele voou alto no céu, cantando uma melodia linda. Todos ficaram maravilhados e bateram palmas. Ana sentiu uma alegria imensa em seu coração. Ela percebeu que a verdadeira felicidade vem de ajudar os outros e de espalhar bondade. A partir daquele dia, Ana continuou a espalhar alegria por onde passava, sempre com um sorriso no rosto e um coração cheio de amor. E assim, a pequena vila se tornou um lugar ainda mais feliz e unido.

Para os papais

Olá, papais.

Vamos falar sobre a alegria?

A alegria ajuda a criar um ambiente saudável e tranquilo para a criança.

É importante notar como ela enxerga essa emoção na vida dela, notar os momentos e a frequência com que ela se sentem alegre.

A alegria ajuda no aprendizado, de modo que a criança se sinta bem e segura ao aprender, além de evitar o estresse e a ansiedade. E o mais importante: é essencial na construção do amor-próprio.

E devemos ensiná-la a se amar incondicionalmente.

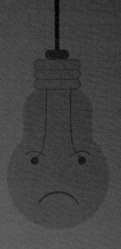

Tristeza

Às vezes você vai se sentir triste, porque você pode não ter conseguido algum brinquedo novo ou ir brincar no parque, você também pode se sentir assim quando a mamãe e o papai brigarem com você ou chamarem sua atenção.

Você também pode se sentir triste se vir alguém de quem você gosta se machucar.

Mas não se sinta triste sozinho, chame a mamãe e o papai para conversar e eles vão te dar aquele abraço apertado, com muito amor!!

Tristezinha, vem de mansinho,
Como nuvem no caminho,
Deixa os olhos a chorar,
Mas logo, logo, vai passar.
É um sentimento passageiro,
Como chuva de janeiro,
A tristeza vai embora,
E o sorriso volta agora.
Com um abraço apertado,
E um carinho bem dado,
A tristeza vai sumindo,
E a alegria vai surgindo.
Vamos brincar de esquecer,
De pular e correr,
A tristeza é só um momento,
Que se vai com o vento.

Anote aqui o que te deixa triste

Vamos desenhar

Agora desenhe o que te deixa triste.

Minha camiseta dos sonhos

Esta camiseta parece meio triste... Desenhe nela coisas que vão deixá-la alegre.

E não se esqueça, faça com muito amor, para que a tristeza vá embora.

XÔ, TRISTEZA!

Hora da história

Era uma vez uma garotinha que se chamava Joana. Ela tinha cabelos compridos e algumas sardas no rosto e adorava se aventurar. Gostava de inventar diversas brincadeiras e gostava de colorir.

Mas em um belo dia, ela acordou se sentindo triste e não sabia por quê.

Ela foi brincar e continuou se sentindo assim.

Então sua mãe foi até ela e percebeu que havia algo errado. Joana contou para sua mãe que estava se sentindo triste e sua mãe lhe deu um abraço grande e forte. A mãe disse para Joana que o que ela estava sentindo iria passar logo. E então explicou a Joana que a tristeza é uma emoção e que, embora existam momentos em que não sabemos entendê-la, algumas vezes ela aparece.

E foi nesse momento que Joana começou a compreender que embora ela não conhecesse muito as emoções, sua mãe havia lhe acalmado naquele momento.

E para aquele momento foi suficiente.

E como o vento, passageiro, a tristeza foi-se. E Joana entendeu que se ela voltasse algum dia, não importaria, pois o abraço de sua mãe a acolheria.

Para os papais

A tristeza também é uma emoção necessária para as crianças, ela ajuda a entender como vão existir situações que vão deixá-las tristes e que tudo é um processo. Mas a tristeza, quando a criança não consegue dividir com alguém ou colocar para fora, pode atrapalhar também a rotina escolar e a aprendizagem, fazendo com que o processo de aprender se torne doloroso para a criança, gerando uma baixa autoestima e desânimo, causando na criança a sensação de exclusão.

Por isso o acolhimento é fundamental!

Raiva

A raiva é aquela emoção que você pode sentir quando alguém pega algum brinquedo sem pedir para você, quando alguém falar alguma coisa de que você não gostou e até mesmo quando fazem uma brincadeira que não foi legal.

Sentir tudo isso é normal, podem existir outras situações que vão te deixar com raiva, mas não sinta isso sozinho. Conte para os seus pais por que você está se sentindo assim e procure sempre respirar fundo, para que você se acalme novamente.

A raiva é um dragão que dentro de nós mora,
Com fogo nos olhos, ele ruge e chora.
Mas somos cavaleiros, com coragem e calma,
Podemos domar esse dragão que inflama.
Quando a raiva vier, respire bem fundo,
Lembre-se de que o amor é o melhor do mundo.
Com palavras doces e um abraço apertado,
Transformamos o dragão em amigo encantado.
Então, meus amiguinhos, não tenham temor,
A raiva pode ser vencida com um pouco de amor.
Vamos juntos aprender, com paciência e carinho,
Que até os dragões podem seguir um bom caminho.

Anote aqui o que te deixa com raiva

Atividade com labirinto

Ajude o amiguinho que está com raiva a encontrar seus amigos para ficar feliz e se divertir!

Não desanime se ficar difícil, continue...

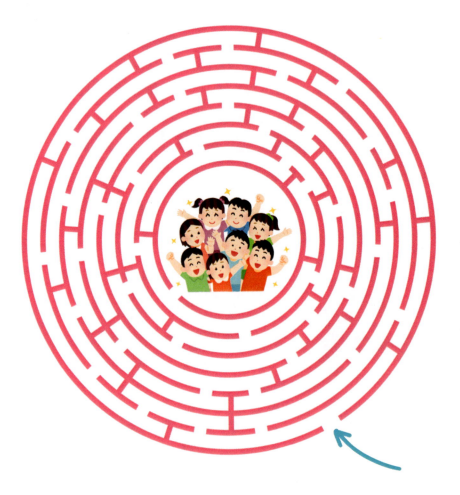

Complete a figura

Complete o desenho do dragão.
Use sua imaginação.

Hora da história

Era uma vez um garoto que se chamava Jorge. Ele tinha muitos amigos e adorava ir para a escola.

Certo dia, estava em sua casa brincando com sua bicicleta, quando a bicicleta quebrou. Jorge ficou um pouco bravo com a situação e procurou seus pais para contar o que havia acontecido.

Seus pais foram bem pacientes ao explicar a Jorge que situações assim são normais de acontecer, mas Jorge ainda estava enfurecido.

Foi então que ele foi ao seu quarto e começou a buscar maneiras de consertar a bicicleta. Ele pegou suas ferramentas de brinquedo e foi logo para começar o seu trabalho.

E ele tentou, mas não conseguiu. O fato de não ter conseguido o deixou com raiva naquele momento.

Seus pais olharam para ele e perceberam então o que ele estava sentido, sentaram-se com ele em frente da bicicleta e explicaram o que aconteceu. Seu pai, embora quisesse consertar, não conseguiu.

Jorge viu seu pai calmo, mesmo não conseguindo arrumar a bicicleta, e isso o acalmou também.

Então o sentimento de raiva passou.

Para os papais

Sentir raiva desperta muitas sensações em nós, não é mesmo?

Nas crianças também não é diferente, mas na maioria das vezes a raiva vem acompanhada da birra e dos gritos. Isso é uma forma de elas sentirem a raiva. É necessário passarem por essa "construção" de emoções. Em algumas vezes, vocês só precisam esperar o momento de a raiva passar, pois não há uma resposta sobre o que é certo a fazer, apesar de ser importante não perderem o controle e sentirem raiva também.

As crianças só vão precisar de calmaria e ver que vocês estão calmos. Isso as ajudará a lidar melhor com essa emoção.

Obs.: Exercícios de respiração e meditação ajudam a diminuir a intensidade da raiva, além de trazerem benefícios à saúde.

Medo

O que te deixa com medo?

Quando você vai dormir, você sente medo do escuro ou medo de ir ao banheiro?

É normal sentir medo. Às vezes só sentimos medo porque nossa imaginação é grande demais. Mas sempre que você sentir medo de alguma coisa ou de alguma pessoa, você precisa contar para o papai e a mamãe, tá bom?

O medo é um bichinho
Que gosta de se esconder
Debaixo da cama ou no caminho,
Mas não precisa se aborrecer.
Ele vem sem avisar
E faz o coração bater,
Mas se você respirar,
Logo ele vai desaparecer.
Amigos e família ao redor,
Sempre prontos para ajudar,
Com carinho e muito amor,
O medo vamos espantar.
Então, quando o medo chegar,
Lembre-se do que eu vou dizer:
Coragem é o seu par
E, juntos, vão vencer!

Anote aqui o que te deixa com medo

BUUUUUUUU

Você se assustou?

Na verdade não precisa ter medo, ele está sorrindo para você e gostaria que você o colorisse.

Dê a ele um nome:

_____

Eu sou um super-herói!

Sabe o que vence o medo? A coragem.
E a coragem nos torna heróis.
Como seria a sua roupa de super-herói?
Pinte aqui abaixo.

Eu sou uma super-heroína

Sabe o que vence o medo? A coragem.
E a coragem nos torna heróis.
Como seria a sua roupa de super-heroína?
Pinte aqui abaixo.

Larissa Borges

Livro de Emoções

artêra
editorial

Curitiba, PR

2025

FICHA TÉCNICA

EDITORIAL Augusto V. de A. Coelho
Sara C. de Andrade Coelho

COMITÊ EDITORIAL Marli Caetano
Andréa Barbosa Gouveia (UFPR)
Edmeire C. Pereira (UFPR)
Iraneide da Silva (UFC)
Jacques de Lima Ferreira (UP)

SUPERVISORA EDITORIAL Renata C. Lopes

PRODUÇÃO EDITORIAL Sabrina Costa

REVISÃO Marcela Vidal Machado

DIAGRAMAÇÃO Andrezza Libel

CAPA Mariana Brito

REVISÃO DE PROVA Sabrina Costa

Inspire-se e vista-se de emoção.

(Rita Padoin)

Aos meus filhos e aos seus filhos...
Que o mundo para eles seja mais colorido.

Apresentação

Há quem diga que somos movidos por emoções, e há quem defenda que somos razão.

Em grande parte, isto é verdade, mas, felizmente ou infelizmente, nossas emoções sempre nos acompanham, desde a infância.

Criei este livro para que todas as crianças possam se abrir ao mundo das emoções, para que elas não se escondam e não sintam medo de sentir.

Este é um livro para apoiá-las, mostrando que sentir é normal e necessário, seja alegria, tristeza, medo, raiva, surpresa ou nojo. Traz exemplos de acontecimentos com desenhos para colorir, atividades enfatizando o lúdico, poemas divertidos e histórias, espaço livre para desenhos e anotações, e algumas ideias para os pais sobre como apoiar as crianças.

A grande questão deste livro é ajudar e estimular os pequenos em suas relações com outras crianças, com o mundo exterior e com eles próprios.

Uma criança precisa viver suas emoções, falar sobre elas e expressá-las.

A fase mais importante de um adulto é a sua infância, crianças saudáveis se tornam adultos saudáveis.

E saúde não se trata apenas de não ser doente, a saúde é estar bem consigo mesmo mentalmente, emocionalmente e socialmente.

Construí este livro para que meus filhos não se sintam sozinhos, nem os seus.

Juntamente com as exigências da vida,
o amor é o que mais educa.

(Sigmund Freud)

Prefácio

Olá, leitores! Estou muito feliz em fazer parte do *Livro de emoções*. É uma honra escrever o prefácio de uma obra tão rica em criatividade, histórias, desenhos e conteúdos importantes. Este livro foi escrito para pais e filhos e nele vocês encontrarão um texto escrito de forma clara e acessível, que ensina aos pais sobre as emoções de seus filhos, além de ter espaços para as crianças expressarem esses sentimentos. Aqui, vocês aprenderão o significado de cada emoção com exemplos simples do dia a dia, que ajudam as crianças a entenderem o que sentem e por que sentem. Se, em algum momento, vocês, como pais, tiverem dificuldade em explicar aos seus filhos o que é a raiva ou o medo, este livro pode ser uma valiosa ferramenta nessa tarefa.

A autora teve a delicadeza de incluir, ao longo do livro, desenhos que representam as emoções para as crianças colorirem, além de páginas com caça-palavras e espaços para elas desenharem e escreverem sobre como se sentem. Esses momentos são ótimos para os pais ajudarem seus filhos, especialmente quando eles têm dificuldade em perceber quando sentem raiva, medo ou surpresa. Vocês podem ir preenchendo essas páginas aos poucos e, sempre que uma situação acontecer em que a criança sinta uma dessas emoções, é uma oportunidade perfeita para registrar isso juntos no livro.

O *Livro de emoções* também traz histórias curtas e únicas sobre cada emoção — alegria, tristeza, medo, raiva, nojo e surpresa — que ensinam lições importantes. As histórias têm um poder incrível de nos levar a outros mundos: são divertidas e cheias de ensinamentos valiosos. Além disso, há poesias curtas que fazem a magia acontecer a cada página, ajudando não só a entender as emoções, mas também a desenvolver a linguagem, estimular a alfabetização e despertar a criatividade e a imaginação das crianças.

Quero aproveitar este espaço para elogiar a autora, que, como mãe, traz uma sensibilidade única a cada página. Sua dedicação em criar um livro tão especial reflete seu amor e compreensão pelas emoções das crianças. É inspirador ver como ela transforma seus conhecimentos em histórias e atividades que ajudam a construir um diálogo saudável entre pais e filhos. Parabéns por esta linda obra!

Espero que vocês, pais e crianças, aproveitem cada momento com o *Livro de emoções*. Que ele se torne um companheiro nas aventuras de descoberta dos sentimentos, proporcionando risadas, reflexões e, acima de tudo, conexões especiais entre vocês. Vamos juntos explorar esse universo mágico das emoções e aprender a expressá-las com amor e compreensão. Boa leitura!

Emanuelle Valera Silva
Psicóloga infantil graduada pela Universidade Federal do Triângulo Mineiro e pós-graduanda em ABA e Autismo.

Sumário

PARA OS PAIS 15
  O que é a emoção? 16
  Por que é tão importante dar
  atenção às emoções das crianças? 17
  Desmotivando a criança x Motivando a criança 18

PARA AS CRIANÇAS 19
  Alegria 20
    Anote aqui o que te deixa alegre 22
    Caça-palavras 25
    Qual é o seu humor? 27
    Hora da história 29
    Para os papais 30
  Tristeza 32
    Anote aqui o que te deixa triste 34
    Vamos desenhar 36
    Minha camiseta dos sonhos 38
    Hora da história 40
    Para os papais 41
  Raiva 42
    Anote aqui o que te deixa com raiva 44
    Atividade com labirinto 46
    Complete a figura 48
    Hora da história 50
    Para os papais 51

Medo..52
   Anote aqui o que te deixa com medo.........................54
   BUUUUUUUU...56
   Eu sou um super-herói!..58
   Eu sou uma super-heroína..59
   Hora da história 61
   Para os papais...62
Nojo...64
   Anote aqui o que te deixa com nojo...........................66
   Vamos desenhar..68
   Sobre a higiene...70
   Hora da história 73
   Para os papais...74
Surpresa...76
   Anote aqui o que te deixa surpreso(a).......................78
   Surpresa...80
   Crie sua história..82
   Hora da história 84
   Para os papais...85
   Caro amigo e/ou cara amiga......................................86

CONCLUSÃO... 87
   Para os papais observarem..88
   Espaço livre para anotações.......................................90

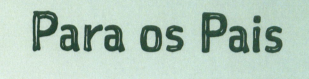

Para os Pais

O que é a emoção?

Em primeiro lugar, as emoções envolvem aspectos cognitivos, fisiológicos e sociais. Certamente ela tem grande influência em nossa vivência e em nossas relações interpessoais.

Segundo o dicionário[1], a emoção se define como:

> Reação moral, psíquica ou física, geralmente causada por uma confusão de sentimentos que, diante de algum fato, situação, notícia etc., faz com que o corpo se comporte tendo em conta essa reação, expressando alterações respiratórias, circulatórias; comoção. Ação de se movimentar, deslocar.

Essas definições nos mostram como mudamos ao passar dos tempos. Assim como cada fase da vida, as emoções e como reagimos a elas se modificam.

Portanto é fundamental dar atenção às emoções na primeira infância, para que a criança conheça, sinta, entenda e não reprima suas emoções.

Pois isso é o processo de maturação da criança. E quanto mais ela conhecer, entender e tiver o apoio emocional adequado, mais será natural para ela.

---

[1] RIBEIRO, Débora. **Emoção**. Dicionário Online de Português. Porto: 7 graus, 2024. Disponível em: https://www.dicio.com.br/emocao/. Acesso em: 21 nov. 2024.

Por que é tão importante dar atenção às emoções das crianças?

É importante porque ajuda no processo de autoconhecimento e quando a criança conhece as emoções, ela consegue começar a definir seus gostos e a construir sua personalidade.

E falar sobre o emocional evita uma certa repressão desses sentimentos.

Quando a criança não fala nem mostra o que ela está sentindo, fica guardado nela, assim como em nós.

A diferença é que elas não sabem como lidar com isso e pode atrapalhá-la em sua rotina e suas atividades.

Salientando que dificuldades e/ou atraso de aprendizagem podem estar relacionados ao emocional da criança, assim como outras dificuldades, por isso é necessário conversar e criar um espaço harmonizado para o diálogo.

Os pais são os primeiros a mostrar e ensinar aos filhos sobre a educação emocional, sendo eles os intermediários entre a criança e o mundo. No entanto o desenvolvimento emocional também se desenvolve pela socialização, ou seja, pelo meio externo.

Desmotivando a criança
x
Motivando a criança

Pare de chorar!!

Acalme-se! Por que você está chorando?

Você não tem o direito de ficar bravo(a)

Vamos conversar sobre o que te deixou bravo(a)

Está com medo à toa

Tudo bem sentir medo! Vamos falar sobre o que te deixa com medo.

Para as Crianças

Alegria

Ahhh, a alegria! Já percebeu que quando acontece algo muito bom você se sente alegre?

É quando você pode brincar com os amigos ou passear com seus pais.

A alegria também está presente nos momentos em que você faz um amigo novo ou quando você ganha um elogio da mamãe e do papai.

Naqueles momentos em que você ganha um abraço forte e apertado.

A alegria te traz sorrisos, te traz novas aventuras e novas brincadeiras.

Hora da história

Era uma vez um menino chamado Lucas que tinha muito medo do escuro. Todas as noites, quando sua mãe, Olivia, apagava a luz do quarto para ele dormir, Lucas sentia seu coração bater mais rápido e se escondia debaixo das cobertas. Ele imaginava monstros e criaturas assustadoras escondidas nas sombras. Um dia, enquanto brincava no parque, Lucas chamou sua mãe para conversar. Vendo que Lucas estava triste, sua mãe perguntou o que o incomodava. Lucas contou sobre seu medo do escuro e como isso o deixava assustado todas as noites. Olívia, então, explicou que o escuro não é um inimigo, mas sim um amigo que nos ajuda a descansar melhor. Ela disse que os monstros que Lucas imaginava eram apenas frutos da sua imaginação. Para provar isso, Olívia deu a Lucas uma pequena lanterna e disse para ele usar sempre que se sentisse com medo. Naquela noite, quando a luz do quarto foi apagada, Lucas usou a lanterna e iluminou cada canto do quarto. Ele percebeu que não havia monstros, apenas seus brinquedos e móveis. Aos poucos, Lucas começou a sentir menos medo e, com o tempo, passou a dormir tranquilamente no escuro, sabendo que não havia nada a temer. Assim, Lucas aprendeu que o medo é muitas vezes uma criação da nossa mente e que, com coragem e ajuda, podemos superá-lo. E todas as noites, antes de dormir, ele agradecia a sua mãe por ter lhe ensinado uma lição tão importante.

Para os papais

O medo é uma emoção que nos deixa desconfortáveis, porque ele nos gera várias sensações incontroláveis ao mesmo tempo. Para as crianças, não é diferente. Porém, para elas, o medo muitas vezes é de sons de trovão ou de imaginar que existe um monstro debaixo da cama. Ou seja, o medo pode vir da própria imaginação. Mas não quer dizer que não seja medo. O que não é comum é a criança sentir medo de alguma pessoa ou de ir a algum lugar específico. Nesse momento é preciso fazer uma abordagem e tentar entender por que ela se sente assim. Ela pode não se sentir confortável para falar a respeito, e isso é uma reação ao que ela está sentindo, por isso sempre procurem abordagens diferentes. O mais importante não é fazer o medo sumir, embora os pais consigam deixar a criança tranquila após dias chuvosos. Haverá novas situações que causem medo. Então, o interessante é dar segurança à criança, de modo que ela vá conhecendo o que é real e o que é imaginação, e mostrar a ela como deve agir se um estranho se aproximar, de maneira orientativa e preventiva.

Nojo

O nojo ajuda você a se proteger de comer comidas estragadas e você pode se sentir enjoado se o cheiro de alguma coisa não for legal.

Ele pode te ajudar a descobrir comidas diferentes e até mesmo achar sua comida favorita e aquela de que menos gosta.

Mas lembre-se sempre de lavar as mãos antes de qualquer refeição...

Nojo é uma emoção esquisita
Que aparece sem ser convidada,
Vem quando algo nos incomoda,
Como uma comida mal cheirada.
É igual ver sujeira no chão
Ou um bicho que dá arrepio,
Nojo é só uma sensação
Que logo vai embora com um sorriso.
Então, se um dia sentir nojo,
Lembre que ele vai passar,
E logo vai chegar um momento
Para rir, brincar e se alegrar!

Anote aqui o que te deixa com nojo

Vamos desenhar

Desenhe aqui o que te provoca a emoção de nojo.

Sobre a higiene...

Marque abaixo de acordo com o que cada objeto representa em uma prática do seu dia a dia.

Hora da história

Era uma vez uma menina chamada Clara que tinha uma habilidade especial: ela podia sentir o nojo de longe. Ela sabia, por exemplo, quando o lixo estava prestes a transbordar ou quando alguém não lavava as mãos depois de brincar. Um dia, Clara encontrou uma nova amiga, Sofia, que adorava fazer experiências na cozinha. Mas a cozinha dela era um pouco bagunçada. Clara, com sua habilidade, sentiu o nojo se aproximando quando viu a pilha de pratos sujos e os ingredientes espalhados por toda a cozinha. Clara decidiu ajudar Sofia a entender a importância da limpeza. Ela explicou que uma cozinha limpa não só tornava mais agradável cozinhar, mas também evitava que germes e sujeira estragassem os deliciosos pratos que Sofia fazia. Juntas, as duas amigas passaram a cuidar da cozinha, lavando os pratos e limpando as superfícies depois de cada uso. Logo, a cozinha de Sofia estava brilhando e cheirava a limão fresco. A partir desse dia, Sofia aprendeu que manter a cozinha limpa era uma parte fundamental de fazer suas deliciosas receitas, sempre sendo orientada por sua mãe. E Clara, com seu sentido especial, ficou feliz por ter ajudado a amiga a entender a importância da higiene. E assim, no pequeno vilarejo, as duas meninas continuaram a se divertir cozinhando e mantendo tudo sempre limpinho. E viveram felizes para sempre!

Para os papais

O nojo pode parecer não tão importante, mas é uma emoção que ajuda no desenvolvimento da criança, pois contribui para definir e mostrar a ela quais são seus gostos e o que causa enjoos, por exemplo.

Até mesmo quando ela sente um mau cheiro, isso passa para ela como forma de repulsa.

Porém não podemos influenciar essa emoção, isso deve partir dela, de modo natural.

Afinal, nós também sentimos nojo.

Por isso é importante ensinar a higiene básica aos filhos, para que eles aprendam a escovar os dentes, lavar sempre as mãos, a hora do banho...

Com isso, eles vão começando a entender a importância de um ambiente limpo, de mãos limpas, de evitar cáries e de praticar hábitos saudáveis.

Surpresa

O que você sente quando alguém diz "SURPREEESAAAA?".

A surpresa está presente naquela festa de aniversário que você ganhou e não estava esperando ou naquele presente que você queria há um tempo e, quando você menos esperou, ele chegou!!

E quando você recebe aquela visita dos amigos, que também não estava esperando? É incrível, não é?!

Era uma vez um campo de flores,
Onde borboletas dançavam sem dores.
Um coelhinho curioso, chamado Pipoca,
Encontrou uma caixa, que coisa louca!
Ele abriu devagar, com muito cuidado,
E dentro havia um presente encantado.
Um balão colorido, que subiu pelo ar,
Trazendo risadas, fazendo sonhar.
As crianças sorriram, cheias de alegria,
Com a surpresa que o dia trazia.
A mágica da vida é sempre esperar
Por momentos assim, que nos fazem brilhar.

Anote aqui o que te deixa surpreso(a)

Surpresa

É tão legal quando ganhamos uma festa-surpresa, não é mesmo? Ajude nossa amiguinha a encontrar seus amigos que fizeram uma grande festa-surpresa!!

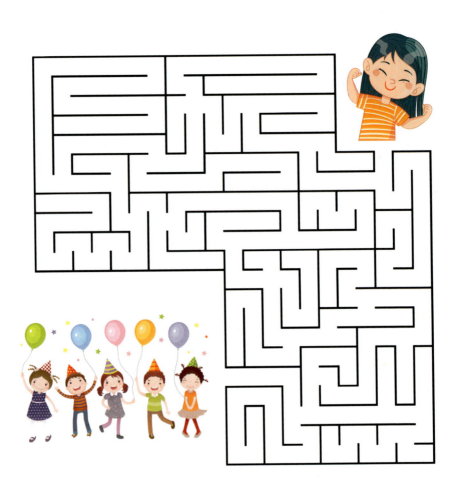

Crie sua história

Desenhe uma história em quadrinhos mostrando um momento em que você se sentiu muito surpreso(a).

Hora da história

Em uma pequena vila cercada por montanhas, vivia uma menina chamada Clara. Clara adorava explorar a natureza ao redor de sua casa, sempre acompanhada de seu fiel cachorro, Bolinha. Um dia, enquanto caminhavam pela trilha na floresta, eles encontraram um misterioso envelope dourado preso em um galho de árvore. Curiosa, Clara abriu o envelope e encontrou um mapa e uma mensagem que dizia: "Siga as pistas para uma surpresa mágica!". Empolgada, Clara seguiu as indicações do mapa, que a levaram a uma série de desafios divertidos, como atravessar um riacho em pedras saltitantes e resolver enigmas escondidos em troncos de árvores. Bolinha a ajudava, latindo alegremente a cada pista encontrada. Finalmente, depois de muitas risadas e aventuras, Clara chegou a uma clareira iluminada pelo Sol, onde encontrou uma linda cesta de piquenique cheia de seus lanches favoritos e um bilhete: "Parabéns, Clara! Você encontrou sua surpresa! Com amor, Mamãe e Papai." Clara sorriu, sentindo-se muito amada e grata por seus pais. Ela e Bolinha se deliciaram com o piquenique, apreciando a beleza da floresta ao redor. E assim, Clara aprendeu que as melhores surpresas são aquelas compartilhadas com quem amamos.

Para os papais

A surpresa na vida da criança é uma emoção acompanhada de muitos sentimentos; bons, quando houver momentos que a surpresa for algo que remete a alegria, presentes e brincadeiras, e ruins, quando mostra o susto, que pode trazer a emoção de alegria ou o medo – e de maneira conjunta a criança pode ter essas duas reações.

Então a surpresa é uma emoção que exige ser meticulosa, para que seja ensinado à criança como lidar com as possíveis reações diferentes que ela causa.

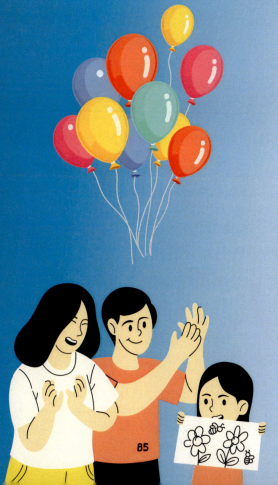

Caro amigo e/ou cara amiga

O que você achou deste livro?
Conte aqui ou desenhe, se preferir, como foi
para você esta experiência…

Conclusão

A escolha das atividades presentes foi desenvolvida como método de observação da criança. A escolha dos desenhos mostra características e expressões da própria emoção, como metodologia para incentivar as crianças a se abrirem e a comunicarem melhor, percebendo o que elas sentem.

Os poemas trazem a leveza, ajudando a criança a quebrar barreiras expressivas.

As atividades mostram o seu desempenho, ou se houve alguma dificuldade em concluir.

E as histórias trazem o momento com a família.

Uma dica: tirem um tempo de qualidade para seus filhos. Estejam abertos ao diálogo sempre, isso faz a diferença na rotina de uma criança.

Você é incrível!

Como foi o seu dia hoje?

Resiliência

Fique calmo(a)! Vamos conversar.

Como você está se sentindo hoje?

Para os papais observarem

Convido os pais a observarem como a criança sentiu vontade de falar sobre suas emoções e sobre seus sentimentos.

Observem como a criança escreveu sobre algo ou coisas que a incomodam, como foi o desempenho com as atividades e os desenhos e se houve algum desconforto.

É importante o olhar observador, para que futuramente a criança não se sinta indiferente a partir de emoções que ela não conseguiu explicar.

E os filhos são reflexos dos pais, sendo suas ações a reação deles.

Você, mamãe e papai, sempre será o(a) melhor amigo(a) do(a) seu(sua) filho(a).

Não há separação entre mente e emoções; as emoções, pensamentos e aprendizagem estão relacionados.

(Eric Jensen)

Espaço livre para anotações